位置的國度

張何之詩集

目錄

7

南方，開白花
夜，光的荒原上春日嬉戲
哪裡，哪裡才是家鄉？哪裡
有消息
讓我捎回去？

2019.3.8

明
日
荒
山

中秋

給父親

阻隔之相望，

幽閉者，囚禁者，穩坐中移動的人

愛人者，失愛者，老者，小而未生乳者

保安，村民，山野之樹，揚聲器，耕者，荒耕之地

蚊蚋，夜燈，輕飛者，不語者，食字而生者，宇宙茫茫

夜色之永恆漂浮者

古之不肯離去者，夢而跌入荒山者

白髮而無歲者，悲哭不竭者

重者，缺者，不美者，嘴唇乾裂者

今夜，統統

仰頭而傾空

只為一月，一梢

而重又，而初次

鼓息

2018.9.24

雪

給 Julie

一場雪，推遲落下
它在忍耐和慾望中積累自身
不可窮盡的語言

來了，來了，鳥一樣輕快，
鳥一樣
欲飛
你從遠方來，從未來的風雪中，
自雪之初的冷，來到雪之中的燙
這一現，有多大？

我又在會燃燒的孤獨裡了，像夜黑透時
你忘記關上的
一盞孤燈

2019.1.24

白雨

疲厭心，虛無心，時間之心，雨，撒向大夜裡。

不動的真空，夜，是一枚無香味的切片，鎖住所有種子不會發芽。
你隻身坐在煙塵之後，夢之後，暗夜與暗夜之間，拒絕
交出柔順的身體，拒絕
撥準心的時鐘，拒絕
節約耗散的生命
你只能頭髮蓬亂，皮膚乾燥，痛失形體，被強光照得慘白。

夜，現代之夜，一個個燈光下的荒人，不濕潤，不打開，不返回。
（今夜落雨，有水從天上來，敲擊世界陷落無聲，今夜無聲，
唯有雨，雨水刷新雨水刷新雨水 ……）
明日會不會下雨？
明日，是否更靠近昨日？

2018.9.19

臥風

給 D

「我們不過昨日才有，一無所知，我們在世的日子好像影兒。」[1]

因為荒唐，我們躺在風中。

家門敞著，夢漏了洞。我們在風中閉緊雙眼，像兩塊被湖浪擊打的石子，越來越輕，越來越微不足道，卻是漫天碎葉，雀鳥翻飛。季節，被拆掉又重新編織，絲絲與縷縷，皮膚與頭髮，手指和手指，都織在一塊了。從此風起，新的與舊的，生的與熟的，就在，同一副身體裡了——

時間縮回果核，我們躲在眼睛後面，你聽，起風了：
起風了。一夜之間，一顆心就要硅化，身體要透明，頭髮要墜落。
起風了，一夜間，秋草連心。

　　＊

沒什麼是穩固的，頭髮的吊床破了，夏季殘損的手臂還掛在井沿。

---

1 《舊約》約伯記 8：9

初時，我們只是白色床單上的兩塊光斑，在樹影中追逐彼此的片段。

午後是那麼無聊，漫長，我們的身體很輕，腦袋昏沉，世界上沒有一扇門等著我們，空氣中滿是熱的祕密，和無知的殘酷。

2018.5-6

火

她深刻疲倦，愛欲繾綣，欲赤身裸體走進黑暗，燃一小堆火。
火的影子將襯出她的皮膚，這絨絨寒夜的皮膚，而後，一股股
時間之流在肉體上湧起，那時，她的慾望將會有最光潔的樣貌，
像出生的第一個冬日，未來的所有罪孽等在前方，一切天真無邪。

2018.2.11

密碼

給 B

我們燒最年輕的髮，最遲的船，
雨，踏了兩遍，交談
城市收緊一張遺腹之網，我們輕觸網底
又掉頭，另一種呼吸：

把藍色的信寫進夜裡，夜又丟了，
你坐最快的箭走，剩下房間
鑲住面孔的一次薄熱。

又回到午後，詞語斷處如新
你又回到你，帶著今日的
和即將到來的一千次落日
開口。

2018.9.25
2019.5.25

擬一場對話

保羅‧策蘭與吉賽爾‧策蘭的對話

*

一雙手，如何接納你？
如何捧雪而不驚動山？
如何潛入風，自幽深處，趁夜
偷取呼吸？

蝕
天酸與地酸，淌到一塊了
土地上，詞語緩慢而激烈
剩下的只有等待
指尖，十枚眼睛全數睜開

刻
以刀，以夜
赤手空拳
劃開黃銅的睡眼
叫醒

那伴隨我們的
尚未成為時間的
時間

更多更大的空白，只剩空間
這最大的謎
時間已出走，它丟下你
在荒草間
而晶體，想要重回岩石
礦物，粉末，硅
線條，想要回到樹
回到不靜止
那穿過風的手
已變得輕盈，激烈
狂怒

*

漂泊者

你難道抓不住高山仰頭迎面的飛雪？

難道無法進入心靈扣擊的深淵寂靜？

你的手，一雙飄逸的手

我走你手上的路，走夜路

我從你身上取詞，向你訴說我自己

那空白在我們之間，飄逸的寂靜的

好客的空白

不可思議的夏季之冰

光明正擴大

在真正的呼吸到來之前

你雙手偷聽到的

一個詞，以它全部的青綠

更新，繁殖。

跟著它走吧

走入狂亂疾書之夜

走入眼眉傾圮之大洪水

走到另一個人
走進他的反光裡

2018.8

嵇康

那是破了形的，初春的郊野，草的靈被霞光刈倒。你站在季節
急速逃竄的邊緣，握著一陣激動不已的風。

在光芒中你放棄了自己的圖像，以不可逆轉的姿勢，開啟一道
閃電：「夜晚到來之前，你將再次兩手空空」　你說，「光的
鞭子揮打著空間」。

黑暗正坐大，你時而淹沒，時而憤怒，如一顆樹，自根部燃燒，
一場比黑暗更大的火。

黃昏，時間是你英雄的壯舉。

2016

光的迴路

   *

新月　父親的一根白鬍子
我離開的時間都在下雪
他的面孔像新年第一日的田野

   *

我們走入寂靜
這雪之上，絕妙的隱居

   *

你把秋日也折進衣角
鍾愛的光線　抽屜裡的樟腦味
也折進去了
除了這些你什麼都不需要
哪怕在人世的一點痕跡
你又那麼簡單　乾淨地回去了

*

落日

邊緣那麼薄　那麼痛苦

它的尖叫近乎無言

　*

燈光圍捕

逃竄時　我長出一根白髮

深夜　懷揣著愛的人

怎能不心驚膽顫？

　*

燒我的白髮

　*

光

一條回去的路

*

黑暗的石頭　洞穴
明朗的石頭　不可進入

*

絕對的冷：沒有光，沒有影子，慾望縮減為不必要之物。
絕對的燃燒：物質通過燃燒超越了物質性。
絕對的缺席：你不在，你的臉打破所有鏡面。

*

時刻：
水管敲敲打打，生活流入下腹部
他靜坐，用詞語

*

雨前，一陣緊湊的鏽
我們的閣樓像史前的腹部
溫暖而荒蕪

　　　*

不說話時
你在裙擺上堆著玻璃積木，小小的亮片。
四月的傍晚在方寸間就完成了它明亮的斜坡
越來越高，越來越
柔軟，親密
是親密
帶我們走入細節

　　　*

暮色，詞語正變成金子

家鄉　我們走過湖畔的腳步
仍在樹林間
保存　最初時刻的低語

    *

陽光記下一陣荒蕪的痛覺

    *

孤燈
細細研磨光的通道

    *

一隻耳朵出生在夜晚
天空滿是劃痕

    *

回家，點亮一片
荒草地
時間無人的書寫，
已無處落足

何時，長出如此多的
淒蕪？
何時？

2015 年末

書寫之夜，你開始戰慄，因為有了空間。

位置的國度

所有的戰役，勝負都在於一心

情書
—— Pour J.A

走吧，去到更遠的遠方
海潮夜夜拍打死亡離去的遺跡
海風帶來信號溫暖
我們終於被地理的盡頭所安慰

一切，一切沒有來處的風，一切
一切沒有面目的人，一切，迎面
撥開你我不再清澈的裸體
海，我們將走向海的
吼聲，最初的和最後的
目光，當我們凝視無人處，久久
像童年時那樣，
徜徉於大片荒度的孤獨中，
我們得到了怎樣的
親密的回望？

海，不眠的海

黑夜修飾了你激烈的擁抱

你太大了，你讓被愛者感到恐懼，

你的孤獨加劇你的浩大

你的激烈是你的悲劇

所有的面孔都拒絕你！

我們走吧，去沒有來處和去處

沒有最初和最終的

年歲

我們在時間中的遊蕩終有終結

讓我們走吧

我們已盲，已跛，

身體遲緩而堅硬

我們走入海中的聲音

像鳥足最輕柔的觸碰

無人記得。

還是海，有鳥兒在飛的海，

有沙陷落的海，孩童會於每一個夜裡
領跑在夜的前方。

2019.9.16

埃及女／子塑像

抓緊我，在時間中，
除了靜止，沒有別的姿勢。
當我們並肩，就只剩一種目光
一種呼吸：

一切正遠去，
向心裡消失。
王朝，火焰，沙，季節，
周遭將暗淡，疲倦，
每一個至深的漩渦，
每一陣倖存的風
都是一個地點
引誘你回頭
可，時間之中，
除了記憶，
我們不再有別的姿勢。

抓紧我，直到
我失去全部，
世界失去我，
而我在你手中。

2019.6.4

伊斯坦堡

給 D

*

島嶼

海岸線被擠壓，渡輪擦傷日暮，陸地與陸地相望，懷著無法駛離的惆悵。

他們又開始唱經了，在我的額頭上，用柔軟的膝蓋抵傷我，帶我逃吧。
你聽得見嗎，外面，渡輪上孩子捏碎麵包拋向空中，海鷗接住碎屑，貼著水的裸腹飛行，每一個人都是一個孤獨的島嶼，在沒有記憶的黑夜裡與陸地分離。

你看見燈塔嗎，那屹立在時間中的石頭，只有瘋子才能爬上去的石頭，夜航吧，沒有瘋卻像瘋子一樣，因為愛耗盡自己的生命。
夜色是愛人的皮膚，我躺在你柔軟的絨毛森林中，潮濕的汗液構成一個南方，讓我迷失，在異鄉沉醉，你清新嫵媚，對危險渾然

不覺。

夜的皮膚，你的皮膚，一截即破，令人碎心的脆弱，世界埋伏在
未來的傷口處，我不能睡，我要保護你。

千耳的夜，我不能睡。

燈光刺瞎我的皮膚。

海，海，海，埋伏在外。

離開我吧，海

推開我，海

用最初的灌木與苔蘚，用層層綠意改換我的臉

建築吧，爭戰，給我不同的名字

以每一個夜晚覆蓋先前的夜晚

海，用你新鮮的潮聲敲打我腹中的遺跡，

我無法遺忘，土

無法掩埋

我與我自己的分離

2019.2.12

*

拜占庭[1]

我們坐在室內，面前擺著一隻褐色圓形深口鍋，來自海洋和陸地的食物擠在一起，湧出溫暖的霧氣，夜是混沌的，外頭下著雨。來到這裡之後，妳決意到成為一名商人，你喜歡任美麗的事物從你手中流走，捲入命運的未知。很長一段時間，你學習講述羊毛與香料，珠寶，海參的故事，用一千種方式形容藍色。

「全都在乎語言，」你說，「命運就是，當你講出自己的姓名。」有時我們會在濃度極高的藍色夜空下散步，沒有唱經聲響徹時，這裡看起來和其他地方沒什麼兩樣，民生，夜晚，總能把人與身體從意識形態裡解救出來一會。沿著山坡一路翻過老城，直到海邊，海敞開它滂然的裸體的呼吸，看不見的海鷗的鳴叫四散在夜空。臨岸，你惆悵地望著對面，燈塔被城市的燈光拱高，荒誕地

<hr>

1　此文及與上詩原為一篇文章，現附錄在此，以示完整

像要哭泣。

雨退去，金色的陸地才顯出被歷史層層擠壓的豐富和堅韌，碼頭上全是人，難以計數的面孔上，千年的故鄉被陽光曬的活潑亮麗，蒙古，中亞，埃及，希臘⋯⋯原來我和你如此不似，原來我喜歡看你遙遠的倦態，像看一個未見識過的游牧的午後。

「我們要去哪裡？」
「亞洲」

明明靠得那麼近的兩塊地方，命途卻如此不同。

更多的燈塔，時間擠壓，向上堆積，堆積，處處是這種不均勻，它究竟指出何種方向？

從工廠回到門店，來了幾個年輕好奇的客人，看地毯挑花了眼。
「冬季，東部高原上入山的牧人們收起帳蓬，準備繼續往高處攀行，行囊已十分繁重，駱駝們儘管疲憊，卻依然以緩慢攻破時間。

風雪忽至，氣溫驟減，身上的衣物已經不足以抵禦嚴寒，有經驗的牧人從包裹中取出掛毯，裹在身上，鮮艷的顏色與獨特的花紋，既讓牧人顯目可見，又無意間透露身分與來處。在地毯馴服地躺入歐洲溫暖的室內之前，它還有這樣一段遷徙的記憶，或許某一日，當你們的腳掌觸及羊毛的柔軟時，會想起它曾經溫暖過一顆牧人的心。」

地毯的故事講完，你又默默回到角落，茶杯裡的茶半涼。生意成了一半，年輕人挑走幾塊地毯，「時間又縮起一點點」，你說，那晚，我們坐在物質消失的空隙裡，突然感到，半島以難以察覺的速率，遷徙。

2019.2

*

拜占庭·戰爭

六月，地中海季風一過境，天氣立刻變得炎熱而潮濕。

退潮後的海灘上，成堆海藻發出濃烈的腥鹹氣味，這味道早早伏於近海居民的木窗外，只等他們晨起推開窗戶，海洋就用最熱烈的姿態帶去季節的消息。在城市中，橄欖樹林趁著幾日的雨水加速生長，墨綠色細長的葉片惺忪而茂盛，像是長夜之後睜開的夢眼。整個世界，彷彿在一夜間完成了入夏的準備。

從冬部和北方趕來的商人陸續集中到廣場，擺出從遠方帶來的新奇物件。再過不久，葡萄就要成熟，新酒如波斯進口的石榴石般清透，酒的淳香，乳酪的濃郁，以及從衣衫中掙脫而出的肉體氣味，將瞬間激活整個城市。

夜，來得越來越遲，而暮色降臨以前，則是漫長的，不安的黃昏。

他走在街頭，一顆心猛烈地起伏，那種緊張與期盼，彷彿是爭戰啟程前的忐忑。

到了第五年時，人們幾乎忘盡最初拯救聖地的決心，如今的戰爭，只剩下死亡和瘟病的消息不時傳回來。對於城市人，戰爭的面貌從來都是是間接和幻想式的，人們偶爾會遇到缺腿或少眼的士兵，以及用韻腳帶回前方消息的吟遊詩人，但這一切，很快就被初夏的紛繁所淹沒。

他朝著海邊走去，發白的礁石像史前的腳印，巨大，粗糙，一次次將海浪推開。他在巨石見看到她的身影，走過去默默坐下，此時，天色已暗，海水和風纏繞著赤裸的腳趾。

燈塔閃亮的間隙，他才看見對方的面孔，一種海藻般溫柔堅韌的質地。他一心想要給她講述戰爭。

「在羅馬尼亞中部平原上，有大片大片的森林，充沛的雨水與陽

光，提供一切植被生長的養分，當軍隊行至此處，他們發現巨樹的樹冠竟在天際相連，形成一個密不透光的綠色穹頂，遮天蔽日。沒有了天空，行星，以及影子的移動，一切時間空的參照都消失了，你可否想像，軍隊在暗無天日的潮濕中步行，蚊蟲，濕氣和沼澤，一切微小的錯誤都可能是致命的。」

「這與戰爭有什麼關係呢？」

「切不可忘記，自然早已成為戰爭的一部分，另一部分則是個人的經驗，孤獨，恐懼以及病痛⋯⋯」

海風透過亞麻長袍摸索心臟，他小心行走於想像與真實的邊界，試圖在歷史的書寫中留住個體的經驗。

「當軍隊最終穿過樹林與沙漠，抵達拜占庭，三分之一的人已於途中喪命，剩下的，除了傷殘者，也都已疲憊不堪。可戰爭從不給人喘息的機會，我們的士兵尚未加以休整，就匆忙投入廝殺。對手則是異常凶狠的異教徒，他們身著短打，精於馬術，而我們的騎士甚至因為盔甲的沉重而落下馬來⋯⋯」

她終於在夏夜的海面上看見一個個疲憊潦倒的士兵的形象，並放任自己的想像跟隨耳邊沉穩卻動人的敘述肆意發揮。

海潮拍打更高處的岩石，在真正的進入夏季之前的每一個夜晚，自然界都用盡全力生長，所以當人們醒來時，城市的界限已悄然改變。就像此刻，他正用詞語，改變她所認識的戰爭。

2012-2013

蓬皮杜

給 S

還不夠，不夠疲倦，疲倦得不夠危險。

每一個白日都在驅趕夜間，每一次殘念，猶豫，都阻止你變得透明。

這是夜晚的身體，我們的。白日倖存下來的人，火山灰人，用雙手雙腳挖出求生通道。而現在，是時候在迷宮裡遊蕩了。

眾多的光，內部明亮，人們搭電梯扶手上行下行，夜的行腳無有方向。白日像是無效的堆積，此刻，我們的面孔沒有傷，身體沒有洞，光滑不可入侵。

還不夠，不夠晚，不夠透明。玻璃外面，城市的邊角依舊點著燈，酒精讓人的面孔發亮——是我們把自己逼退到後頭，眼睛後頭，憂鬱陷落，陷入沙發深處，每一個人，都是一個明亮荒蕪的中心，快速不可知，緩慢不可知。

材質發明瞭另一種出口，明亮的是內臟，晦暗的是皮膚，呼吸的是玻璃，柔軟的是鋼鐵。

風，倖存的風。

當我們全部入眠，那具純然透明的，孔道密布的身體就亮著，夜晚，才擁有最確切的隱喻。

2019.1

希臘小酒館

我幾乎摸到了時間之膚的裂口，肉的醇香，燈光下，氣味滾燙。
在這裡，夜仍是一道難題，我們需要摩擦取暖，飲火與酒壯心。
我偶然闖入這片歸屬地，時間尚在泥濘中翻滾，難得的粗糲，
不潔淨。在這裡，你知道明日真的會來，這是夜，夜夜，黎明
不斷逼近，聲音升騰又落地，此刻是不竭的，此刻爆炸。
一旦順從內部的跌落，詞語消失，只保留語法的骨骼，以雲升
騰，以霧偎依，我終於窺看到時間之後的思想：舞蹈。
在身體中一切都是完全的，現代與古典，有什麼分別？一個豁
口打開了，我觸摸到了那近乎於幸福的錯亂。

2018.10.25

重複的散步

僅跨入一次的地方，我以圖像的方式窮盡它，而重複，重複拓
展空間。

*

聲音，一個可以擾亂時間的因素，一個漏洞。

林蔭裡不見船，卻有船劈水聲，竄出綠牆，來迎我：吃水很深
的運沙船拐出河灣，一件於多年前啟程的事物再一次現身。我
坐在時間的岸邊，探身入夢的甕口，看，裡頭水體發亮，四壁
漆黑，運河源源不斷從眼睛倒灌入我的身體。

這場未曾停過的雨，我要將它落到夢的外頭去。

*

一扭頭

風把雨吹成了煙

*

此刻

晚風的承諾：
我走向堤壩高處
眼前正是秋山，身體漸漸消失在煙霧中。

*

終於，顛倒了
在水中。

*

那是已經衰敗了的水的視角
看新生的城市的傷痛

看朝霞洶湧 高樓奔突
看日暮泱泱 垃圾滿地
眼的廢墟如何成了心的佈景？
時間不可化解 無法前進
只有堆積 堆積

看拆掉的木門毀棄村野
雨和霧挨家挨戶敲打
看乞討者無家可歸
看再生人迷失在自家門前

那是已經廢棄了的熱鬧歸鄉
聽老樹上蟬聲延綿
洪水沖破高樓夜夢
無人醒來 無人睡去
穀子轟隆隆滾入河床
桌椅漂浮，眼珠碌碌

聽風雨大作的暗夜
樹木搖落 巢穴傾覆
在光明的樓宇之間
真實的空間在流浪

那是從衰敗的深處看衰敗之端
從血的災難裡看自己
一個人站在黑夜中反身回望黃昏
黃昏，城市邊緣
無法老去的綠色仍在哀嘆

是誰，過著既不完全隱藏又不徹底暴露的生活
在建造又廢棄的每一處留下空間的災難？
一切只不過是為臨時的聚集而建造的居所
城市夜夜穿過心臟，總有人立在水邊打撈水的屍體

而水，不斷離去 離去 離去

*

總是眼睛在打撈，追趕，它替我們縱身一躍。
之所以，有了走得更深更遠的願望，只不過因為眼睛無意的一
瞥而先於身體抵達，視覺提供的亮色，陰影，景深，身體不斷

想要體會罷了。

目光與身體之間這個永恆的，惆悵的位差，乃是影像之憂鬱之疲倦的來處，又是它全部的希望。

這一位差可以有多大？

是站在岸邊眺望水，登上山巔俯瞰城市，身體止住了而目光來不及收回潑灑在萬事萬物如塵埃散落。

追趕吧，追趕這一位差。

靠近，冒著失去整體的危險，以目光的親密切開世界。

孩子總更信任眼睛，不以身體為囹圄，目光所致隨即軀體追隨，他從不懂得止步，不知限制，冒著危險跑在時間／空間的最前端。

少年無懼空間。

當他最終感受到這一位差時，漫長的憂鬱歲月便開始。一切慢下來，只有目光，目光因為身體的靜止而變得悠長，目光不再是現實，不再是空間的現實而成了對空間的想像，這莫不是圈禁之人最大的惆悵。

目光，最後的嘆息。

「你」，我唯一的希望。

只有你的身體才能彌補我與我眼之間的距離，我的眼睛緊追你，
所到之處，無論多深，多遠，多極速。

你在機械後面，複眼後面，在我目光的最前端，由你的身體連
綴而成的運動，跳躍，墜落，滑行。

我用筆，用器械，用波追隨著。

愛，一次目光的追隨，忘卻身體的勇。

*

書寫絕不是療癒，而是現場，無聲陷落的現場，斷處如新的現
場

我比我想像的更暴力，更健康，更強壯。

*

召回

「緊靠綠化帶，豎著一堵醜陋的水泥高牆，我不記得它究竟有多高，只是憑我那時的個頭，沒有辦法看見牆後的景象。但我知道，牆後是一條運河，這種判斷來自聲音。那時我父母常出去打牌，回來的很晚，我就賴在奶奶的屋裡。奶奶扇著蒲扇子，穿赭色綢緞背心，常常是傍晚，天色明暗糅雜，正是光線最變換充盈的時候。我們兩個人不開燈躺在涼席上，一點點感受黃昏的變化，先是聲音曖昧模糊，像浮在水面的熱氣，但水上貨船的聲音卻突圍而出，發動機有節奏的啪噠啪噠聲，還有人用聽不懂的方言說話。我並不想知道旅程的實情，船的樣子卻出現在眼前，自小樓的天花板上駛過。船頭寬闊的部分，船家正在生爐子，他也拿著蒲扇，另一隻手不住地往火塘裡添木片。炊煙從河面升起來，被岸邊正在廚房準備晚飯的居民看到，這個時候，炊煙和炊煙形成呼應，不管如何辛勞奔波的白日，到此都結束了，人與人變得相似，變得溫暖，像是長著同一張臉，準備回家，來到桌前坐下吃晚飯。

我瘦小的身體透過薄薄的背心，感受到席子的涼意，奶奶握著

蒲扇的手在傍晚的光線裡變得有些詭異，瘦長且有著過分突出的骨節，像一段枯木，也像山脊。我大概是閉上了眼睛，於是才能看見每家每戶廚房裡的燈光，還有下班回家的人，正在給樓下的自行車上鎖。我用幻想著拆去那堵水泥高牆，於是看見，吃水很深的貨船，在暮色裡緩慢航行，恭順駛入河灣，消失在傍晚的盡頭」

2010.11

*

夜晚龐大的復甦開始了
我又一次走在兩種水之間
明亮的水，晦暗的水
光明與晦暗顫動著
由四面抵達同一個中心

剛卸完貨的運沙船，它高峻的船體浮出水面

我只能陪它走一小段它便就會離去，
返回時間之中
而此刻，所有告別的事物都充滿了香氣

我總是很難告訴你，我在哪
哪個季節，哪種氣候，哪一場雨的墜落
這是傍晚，我的家鄉又回到它的秋日
精神奪回它失去多日的空間
我正沉穩地走向冬季
走向寒冷和陰鬱
走向收縮，堅硬的四壁

2009.10 —2010.10

消逝在隱匿的途中，我在他們身上關閉了自己的道路。

隱匿的道路

隱匿的道路

　*

哪一種火打敗你？哪一種燃燒，
通向冰的深處？

尚未看到的，折斷，
尚未燒完的，拆散。
既然身體長久的沉默，而沉默
已替換了空間。

哪一種火把你帶回純粹的觀看？
究竟是哪一種火，
燒掉了你篤信的黃昏？

創傷的怒獸跑過平原。
而你，自起風處，
以痛，以火，
走向我。

你為何如此憂鬱?

我在每個白天經受戕害
我看到圖像的碎片
我觸到聲音的毛髮
我腳步踉蹌
我看不到歷史的廢墟
我看到垃圾的幽靈
我看到亢奮
也看到疲倦
而疲憊的此刻成了我唯一的希望。

此刻,你在哪?

從一個動作到另一個動作,從一秒到下一秒,

並列的圖片，我無法移動，停滯乃是最大的無處，
我在無處，在無所歸屬的火中，在一張別人的椅子裡，
在他留下的形狀裡，在睡眠的蛹裡，你看到了我嗎？
內部正在塌陷。

我看到睡眠，無法睡眠
我看到屏幕，閃光，煙，
手臂的衰亡
我看到正襟危坐，
看到翻滾，跌落。
流浪了多少年的眼睛啊，
雄雄大城，頹頹小鎮，
溫靜虛妄之山川。
可我未曾見你？

*

我在他們身上流離失所。

——入睡吧。

沉入山的夢，

夢中，將要落雨，

你將四肢輕盈

披著藍色的雨衣的蟬蛻，

蛻殼，即舞，

一層薄膜，

一場微微之痛，

你要輕減，

再輕減，

直至，

不可挽回。

*

我來到這裡

為了放逐為一個旅遊者，

在無所歸屬的邊界。

在這裡
冬天迸出的火星
溫柔寬闊的毯
降落升起。

在這裡，
唯一的詞是白色。
雪
黑鳥掠過
雨的精靈
穩固的節律
枝部
根部
刺部
這裡的一切都是詞，
每一片都是晶體，
內部緩慢而劇烈。

*

旅途的盡頭

歷史只留下樹，影

微光

遠處在閃爍

路，路，路

燙過平原 ......

不能再近了，不能

慌亂怒吼的線

呼吸的冰晶

在郊野的另一邊

你消失了你出現

睜大啊停止

一個秒數的抬頭

萬有具為你傾空！

*

平原微茫，我們劃破它的緩慢。
邊界推開邊界，
夜晚吼叫，黑色降落。
那逼迫我而又保護我的
光 ……

此刻，空間蓬鬆而真實
是唯一的謎
身體卻充滿信任，
柔情地，
撲進去。

*

大陸止於此

這裡是夜之回聲的迷宮
這裡有最為古典的閒蕩者

影像的幽魂終於

消沒在大霧裡

燈下，手插在外套口袋裡散步的男人

一個，又來一個。

不進入語言

霧

遊蕩

*

在書寫與沉默之間。

是聲音？是火？

在圖像之後，在遊蕩之後，在厭倦之厭倦之後，終於，

是文學嗎？

玻璃窗後的佩索亞，葡萄牙語，唇間的元音，不。

歷史在庫房裡，永不出土，那不是文學，不是視覺，不

是閱讀，可感的始終是物——霧

書籍，印刷體，玻璃，阻隔，佩索亞的諸多異名在夜中，

歷史的成敗，同夜霧一樣散去，僅餘塑造它的材質。
火焰在深處搖曳，遠處是一場誘惑，一場夢，我凝望著
從夢中出走的人，為不能為他們找到一個現場大哭起來。

　*
火，靜謐
欣喜從來無聲
這是大陸的終結，海的開端
我會在自己陸地的盡頭
開花。

一個從夢中出走的人，
惶惶惑惑，踽踽獨行。
在這沒有世紀只有季節的地域，
我不斷找路。

用眼睛，

用字，
用盲，
用皮膚。

消逝在隱匿的途中，我在他們身上關閉了自己的道路。

　　*

我看到一場關閉的狂喜。
沒有剝奪，只有交織。
在觀看與觸摸之間
我與你之間
不停燃燒的火著了
你瓦解了任何偶然都不足以瓦解的東西，
你出現了，
身體。

我不是機械，

我不想捕獲，
這裡沒有介質。
你轉身的一瞥，我看到了，
它們一旦相遇就不再分開，
你知道嗎？
我挖開了我的目光，
我燒起來了，
以我全部的時間
包圍你陷落的一瞬。

2018.10

燒我的白髮

回鄉八條通

回鄉八通之影的復活

只能化成風，才可穿過你的空無一物。

沒人看見她，所有人，只隱約感到一個黑色的影子，從時間均勻的縫隙裡流出。

她站在影子的後面，看世界蒙著一層翳，蜜色的，像一個患眼疾的人見到的場景，所有人面孔上酒光流溢，近似於幸福。

她一次又一次想要以影子的身分闖進這個世界，借助光，借助事物的形體，讓作為影子的自己藏在影子裡面，穿過人形交錯，對她來說卻是空空蕩蕩的房間。
一次又一次，有人看到屋簷隨雲光投下暗影，然後消失，有人聽見樹中的風聲，隨後靜止。

她一次又一次嘗試，一次再一次失敗，沒人想起她。

斷斷續續有人念及幾個字，當年當年，遙遠的，黑色的，浪漫

的過往，但過往僅僅作為過往才柔和可愛，誰需要一個過往復活，誰需要她的真身？

她在別人的眼中看不見自己，她想看見自己。

直到遇見了失去聲音的少年和少年的鏡子，她才清楚地看到，作為過往，她是何等模糊，無法擁有形象，她終於鬆了一口氣。

是時候了，是時候放棄回鄉之路，放棄溫柔之美。
是時候了，放棄不能帶你回鄉的人。
是時候了，成為異鄉人。

2017.11

給媽媽

更多的時候，你我只是先後
走過景色相似的黃昏
尚湖沒有落雨，晚霞很激動
光的手解開事物的輪廓，
香樟樹上，每一片葉子
都有整個宇宙的呼吸
這是時間虛無之贈禮，就像
當我陰鬱，沉默時
你不近不遠的，耐心的，
卻從未消失的
腳步聲

現在，我更大了，離你更遠
我想送給你真實的空間
擺一張琴桌，一塊地毯
燈盞在夜裡會展開幽微凝聚的光，你和我
就像我們每一次散步時遇到的樟樹，

會勇敢地，以一副清薄的身體

在時間中展開

不可計數的

芬香枝椏

2018.9.26

雨

給 Julie

離開顏色，我們走入
季節透明的中心
這裡是深海
眼睛與眼睛製造閃電：
一場殊死的親密。

在聲音的岸邊，躺入
觸摸過雪的手掌
我們投擲時間的金子
餵養失聲的
魚群

如果你足夠安靜，
每一刻都是新的。
窗戶睡了，我們醒著，
而醒著就是下雨
一場明亮的
時間之雨。

2016

風暴

給錦麟君

茶黃色，我們懸於無聊又痛楚的夏日傍晚，目光在遇到每件事物時逗留一會。時間，窗戶虛設著，沒人瞧見更遠處，都因自身而困頓。

但就是在那樣的輕巧中，光啟動了，先是天色猛地一暗，你我為之一亮，然後，紛繁的運動興起：草木交換彼此的波浪，天與湖互相傾倒顏色，一場風暴始於暮晚模糊的邊界。

思緒熄滅了，只剩下兩扇窗，兩條甬道：湖面上空，鳥群逆風翻飛，但人的眼睛，在黑暗中退化成最簡陋的器械，已經無法辨認注入黑色的黃昏景物，而滿足於形狀所提供的真實，但形象，是否也只是介於真實與表象之間的另一種虛構？

向外，無主之目光撞上了群鳥的飛翔，比落葉更輕的骨骼，借助風，又抗擊風，為光所吸引而紛紛衝向玻璃，怦－怦－怦怦，鳥類用身體撞破空間，撞出一個大洞，我們被撞倒，然後頓住，進而成為空徹之所。

皮膚起浪，那被驚嚇的表面皺緊，往昔的面孔在翻飛的樹葉中追逐，此一刻，鐵鏽色的屋內，我們正襟危坐，用風暴，收集懸崖的陡峭。

2016

雪

下雪了。玻璃上披一層渾濁的熱氣，談話已進入尾聲。
酒飲著飲著，忽然感到屋子隱祕的一顫，抬頭，雪就這麼落下來。
下雪了。不知從哪一瞬開始，一片追趕另一片，淒惶又盛大。
那飄搖之態毫無保留，得意繾綣，一瞬間點燃土地的欣喜。
究竟是哪一刻呢？言辭的哪一刻？酒的哪一刻？它開始說話。

下雪了。雪按住詞語上的噪音，大部分工作已經完成，只剩下
性感的等待，等說盡的事物重新開口。

交談從外部進入內部，我們於瞬間就完成了節奏的轉換：酒點
燃身體火焰，融化知覺與溫度，眼耳鼻喉都在皮膚上發夢啊。
而詞語用寂靜說著話，耳鬢廝磨，白頭到老。

下雪了。我們廣大的內部空曠又孤絕，面對面坐著，一動不動，
只有眼睛在白色的時刻中奔跑，無邊。

白色的眼睛，從死事中睜開的眼睛，更新的眼睛，在嶄新的形

象之間奔波。

下雪了。眼睛的雪，嘴的雪，瓷器冷光的雪，松木火焰的雪，一個人的雪，一切的雪。

下雪了，雪從土地落向夜空，從一個人落向夜中的他人，從一個時刻落向眾多的時刻。

下雪了，你下著雪。
下，雪，了。

2016

回鄉八通之焚夜歸鄉

冬夜，再次走進冬夜，但願窗縫能漏進一絲寒風，樑上跑過偷飯的老鼠，外頭降雪了沒？

你我都需要一點，比白色更灼熱的聲音，風聲也好，銅壺溫酒的咕嚕聲也好，空氣緊縮，聚攏周身，像是第一次出生，在清涼的冬季。

夢也好，酒也罷，怎麼都想再坐船回鄉，脫掉不合身的衣服，姿勢，統統丟進夜晚的河道，這就要上路了，走進不計其數個夜晚，你站在其中——迎面湧過來的河。

和幻象相比，這一切都不算什麼，可以脫掉的、不樸實的、嚮往的、思的、破了的東西中射來一道光。光，一條回鄉的路。不如愛這幻境死於這幻境，只是這次，再沒有幻境中的人來到眼前，把逝者叫醒。

如果醒不來，還有誰會在夜中替你敲敲自己，敲敲那不穩固的、隨時模糊的肉身？

可帶我回鄉？

酒裡破了洞，血裡破了洞，在洞中玩耍的幼小的時間，野草從
疏密不均的石板間擠出來，我們等眾人熟睡，偷跑上屋頂，拔
劍比武，我們還是古人，我們飲酒，下棋，拔劍。這雨，這瓦
楞草，這劍，擦——擦——擦，夜空下疏散快意的線條。

隨燭火細瘦的，罹難了的身段，夜走入窄境。

對不起，我又滿口胡言了，瘋瘋癲癲——可
君當恕醉人。

2016

給父親

他越來越緩慢了，衰老，因在鏡中目睹了時間而患上後遺症。
這一緩慢逐漸轉變為巨大的繁榮，像在融融海浪中睜開一隻眼，
至此，光為他所有，他只在夜的中心寫和睡眠。

這睡眠搖搖晃晃的，裡頭沒有人，只有平原袒露著胸腹，還有風，
一棵巨樹。風的行進與樹的生長，構成睡眠的兩種方向。

風很遠，但樹在眼前，那是時間它生死疲憊的形狀，扭轉，停頓，
突升，結成瞭望的姿態，借助樹幹，綠葉趁著風，在分別時伸出
一條枝椏，一個不可收回的手勢，閃電的切片。

樹以另一種方式遠行，以形狀推動夜晚，沒有動作，只有姿態在
膨脹，所有生靈的棲息地。

風則是新的語言，詞之前肌肉的驚嘆，末梢神經騷動，他問「這
是什麼？」。

有時他在衰老的緩慢中重回故鄉，故鄉的田野，白晝驚顛出汗，糧食滾落，河流起火，時間之水恭順地流著，他的母親在天黑前解開盤髮，夜，如是開啟。

那麼夜，既神祕又廣大，他在自己的膝蓋裡散步，在裡頭種花，一朵花，嶄新，尚未有名。

2016

回鄉八通之橋

過橋咯。

天上眾，雲中看，魂無驚，魄無驚，心肝定，定心肝。

抬棺的，吹吶的，帶孝的兒孫，送行的飛鳥，紅的是布，白的是麻。鄉間小道，曲曲折折，疙疙瘩瘩，跛了腳的，蟻似的小人兒，披一場雨也淅瀝，是煙，是塵。

漫漫路慢慢行，橋頭橋尾且停步。

「過橋咯。」

山頭水尾，路頭路尾，田頭田尾，園頭園尾，厝前後壁，埕頭埕尾，廳頭廳尾，房前房後，不收別人魂、不收別人魄。

稻田裡的泥鰍神，通揚河裡的魚神蝦神蟹神，村頭土地，屋裡灶王，容我鄉音破落，也扯開嗓子喊一喊。

「如鏡吶，過橋咯」

且慢，且慢，一生的路，泥合水，水合泥，容我五步一停，十步一跪，把膝蓋折斷，容僵的骨，凝著的水，容水的姐妹，容我容他容她，雙眼紅腫，淚隟如雨，泣不成聲。

無青驚無膽嚇，牛、虎、兔、龍、蛇、馬、羊、猴、雞、狗、豬，不收別人魂、不收別人魄。
如鏡吶，過橋咯——

煙雨中也難分辨，是誰淒頭苦面，在破了相的村野蛇行，紅的似梅，白的像米，一粒粒一顆顆。

是誰的名字？如鏡如鏡，這鏡子，可照誰身？

且跟著走一程，送這棺材靈柩，灰天漂雨，鏡中人喊，牆裡人探，要把家家戶戶喊透，名與字，來的張燈結彩，去也鑼鼓喧囂。

如鏡吶，過橋咯——過橋咯

一橋一劫，步步難行，你可走好，跟著喊橋的兒孫，莫駐莫停，
莫回莫望，莫做了秋霧冬霜，那回不去的幽魂。

如鏡如鏡，我也隨你，再走走這條田頭老路，墳挨著墳，人擠
著人，如今這引江河水，黑了的血，病變的身，如你如我。
如鏡吶，過橋咯————

兒子橋，孫子橋，房宅橋，病痛橋，記憶橋，生橋死橋煙雨橋，
木橋，磚橋水泥橋，如鏡吶，你與我，誰與誰，過橋咯————
過了橋，飲一口酒，你也是我，我也是他，他也是眾人紛紛，
皆過橋也過橋也————

2015-2016

回鄉八通之病

眼前的青山街市乃是假相，真正的故土在身後，我們每個人的故土。在二十公里五十公里外揚塵昏暗的公路兩側，它安靜又危險，隱身於水中，隱身於日漸荒蕪的田地旁，在落日時分由不知來處的貨船一次次遞送給遠方：涓涓日常之流，孩子出生，老人病死，親戚遠走，真的故土。但我並不歸屬其中，我哪有故土？

在故土中，我們掩埋我們的親人。親人的身體分解，腐化，滲入被污染的土地與河道，一部分滯留，一部分遁走，蟄伏的那些，一直等到第二年春雷響起，土壤裡的昆蟲醒來睜開夜空般奇異的雙眼，祖父母的雙眼，叔叔伯伯的雙眼，泥土中的水，升為春霧，春雨，化作夏夜潮濕的晚風升起，眾神無界。

我們感受到那樣晚風的邀請，出門走一走，來到橋上水邊，啞口不言，惶然無措。

你所回到的，正是這樣的故土。

但，回鄉前，尚有未盡之事————你在空空蕩蕩的房間裡折起秋光，穩妥鎖緊衣櫃，然後到湖邊，以圖像的方式最後一次走進世界，恭順，如一陣無人認領的風。

我沒有看見的，是你深色細長的指節轉動鑰匙，柔軟的布鞋踏過每一節樓梯，樓道中還逗留著初秋開闊清爽的涼氣，傍晚了，每家廚房照舊飄出炒菜的油煙氣，喧鬧異常。你用碎紙做引子，點燃後院砍倒的無花果樹和枯葉——呼——呼——晴空下的火焰像頓地而起的風，你臉上的凝結的神情和皺紋都顯現出一種苦難後木質的枯竭，好像每一秒都可能被飛出來的火星點燃。

你終於把自己留在人世的痕跡逐一打掃乾淨。

那樹與火焰的場景，因沒有我而絕對真實。就這樣，你取消了我藉以通過目見而回憶你的全部可能。剩下的，則是我真正能目睹之物了，聲音的空白，時間的空白，場景的空白，巨大的

消失的空白，你是我所不能背叛的白。

你帶走了自己的二十年，異鄉人的二十年，無聲無息的二十年，只有你自己能聽見自己，這真空像沒有雲的青天。

大部分時間不會有人再念及你，我知道，我的死亡也會是這樣，完完全全屬於我自己，但物質呢？最最瘋狂的永遠是物質，幾代人以百年時間所積累的自言自語的物質。

你比我等明智，一把火，付之一炬。

火化的時候，送葬隊伍走在飄雨的蘇北臘月田頭，我第一次感到了生命記憶之外的故鄉的面貌，雨水和寒冷從未曾改變過，冬雨打濕披麻戴孝的人群，凍僵的骨頭和即將要化灰的骨頭，在無窮無盡無窮無盡分不出是時間還是空間的灰色中咯吱作響，鍋爐裡的火揚起來，沒一會，灰燼升空，灰的灰，升至半空，就被雨水裹挾著帶回落在遠近親疏眾人的臉上，我們的臉。

時間從此失去秩序，我變成自己的祖母。

故鄉，時間，水，好像總是同一件事情，不是作為符號的互喻，只因其本身變換莫測，水與時間有了億萬分身，是水，是無以復加的水，幻化作萬種面目，令我著迷。

而我自己，我則始終感到身體裡那緩慢堅忍和無言暴力，那是我的壞血，被污染的水則是我病變的身體。一個黑黑的無邊的我，像一塊墳地，積壓著所有舊事物的灰燼。

該終結了，到我處，這平庸歡愉疲憊晦暗的血，血裡的還沒燒完的火和風聲，統統終結，我是他們最後的居所，一間空曠而瘋狂的屋。 我未出生的兒女，早在壞血裡溺死，我知道我什麼也不能帶給這個世界。並沒有其他人，沒有未來。我極度的自私與殘酷，來自於軟弱，取消了眾人的返回之地。

2016

春雷

走進三月，走入它期期艾艾的眼眶
新草啃噬墓碑
又一次，死事古老而新鮮
世界經歷陣痛，等待分娩

我們正穿過傍晚的無邊和它
颶風的綠色裙角
在那些即將失去形狀的波浪上
萬家燈火伸出昏黃的手臂

不，不要擁抱
我們既沒有雨傘也不需要斗笠
別豎起圍牆
我們終將彼此擊打，入侵
直至勇敢和不安降臨

瞬間，閃電展開它白色的書頁：

平原上一棵樹巨大

人類啊

請熄滅一切燈火

2015.3.10

我把門留在身後

我把門留在身後
把餐桌　椅子　殘留的晚飯留在身後
我把完成的白日與未完成的落日
留在身後
我把風留在身後
把風中打開的眼睛
把最深刻的厭倦留在身後

深而黑的睡眠擁抱我
我要脫去我的衣服
摘掉我的眼睛
暫停我的心
一團混沌
我要睡了
睡成黑暗的核心

2014

雨——絕交詩

給 V

是明亮的雨而非陰鬱的雨帶來了夏季
失憶的綠色尖叫
我們踏上季節最輕
最高的邊緣

風，吹醒深埋於湖面的
眾多的眼睛
故鄉又圓又亮
掛在天邊

是記憶的雨而非現實的雨帶我們回到童年
當你我只是，大水沖毀池塘時
逃出來的兩尾魚苗
比影子還輕　卻比記憶迅速
第一晚，湖水教會我們用陰影和沉默說話
後來，我們樂於游往更大的水域
吞下藍色　綠色　赤色紫色垃圾

把鱗片磨得既痛快又鋒利
誰說，鱗片不是另一種雨？

而此刻，真正的雨已經離我們很遠了
除了水的浩大的本質
你我似乎什麼都不曾共有
或許原本就是不同的兩個人
在暴雨創造的暫時的黑暗中
在彼此因為恐懼和欣喜而發亮的眼珠裡
看到了自己的形象
就以為我們是同一個人
擁有同一片故鄉

或許我們未曾真正注視雨的模樣
卻太貪圖製造時間的絕境
以至於，那個下雨的午後
當你我遁入濃密的睡眠

誰都不曾看見

雷電中

我們也有過

片刻永恆

（雨，作為你我的終結）

2013

記奶奶

我記得屋子裡的藍色，記得蚊帳
夏日，記得夢中，一條橙色運河

總是在我半醒時，你已下樓
用白天撿來的廢紙生爐子
煙升起來又直又慢
一下子擴大了傍晚
我兒時的睡眠

我記得你乾涸的臉，
好像一小顆飛濺的火星
就能把你點燃
天快黑了，我們躺在飄浮的方言裡
你給我講一個故事，我瞥見
血肉從身體退出
你變成影子的骨架
變成山海經裡的山

竹林，寺廟
老方丈收留的雲煙和鐘聲

那些年，似乎
所有的大人都缺席
幼小和蒼老顯得那麼相似
屋子很大，傍晚
運河在窗外
緩緩駛過

2013

宴
──給奶奶

砍柴

殺雞

給灶神上香

晚風如酒

我點燃柴火

把死亡留下的空隙

燒的噼啪作響

搭台唱戲，鑼鼓喧天

相識與不相識的人都已到來

如果離別是場無盡的宴席

那麼

就請門前的野草

拐彎的河道

草裡的蟋蟀

也進門飲一杯吧

2013

落玄髮於頰肩，

入夜了，窗口淌過一條河。

房間裡深深，

深深的衰敗容我獨坐、獨飲，

獨獨

被一支孤燈點亮。

夜裡，我有一雙紅色的

嘴唇不會熄滅；

黃昏，我有一枚鏡子飛出窗外。

眾多時間的葉片，

只留一線，貓眼，地平線，夜的尖，我側身穿過。

登船了，愛的夜中，

我悄悄放火，燒退兩岸

2018.6.26

寒
食
散

寒食散

夜起，爬上城牆行散
我的遲緩充滿智慧
星辰在夜的寬袍裡相撞
我知道，不久以後
我的身體將變成石頭火焰
超越冷暖，超越此世

酒是火的藥引子
服散那幾日，飲了酒，我的恐懼如蛇
於心中逶迤

因為永世的孤獨更甚於死亡
所以我們成群結伙地
磨碎紫石英、白石英、石硫磺
磨碎清風、明月

有時候我更想養一隻曲線如少女的鵝

或在沒有生病的日子裡寫兩頁行書

晚來風急

我老了，只能勉強站起來

再去人世裡走走

2014

虛構何晏

我只不過是高貴的

火的餘燼

幽藍色的慾望

領先於時間燃燒

我需要透支一段今生

青瓷 絲綢 脂粉

眾人的眼眸

點著貪婪的火

灼燒著我虛薄無助的皮膚

目睹一副精巧的五臟六腑

一具淤泥中出生的乾淨骨架

我的內部既是我的外部

最後那幾年

我擁有極大的權力

按照面容和姿態挑選官吏

我的一舉一動都被模仿再生

我相信一副好皮囊的內在機制

但那個術士——管輅

他說看見我身上一場鬼火

而後城市隕石般燃燒

沒過一年

我便死了

我乾淨的皮膚和肉體

一如生前冰涼

那火焰外層的水晶

只有我觸摸過

我是我自己的入口和出口

2014

衛玠‧病

我病了
病得只能在空曠中踽踽獨行
我的有限、無辜與單一
在白日朗照之下暴露無疑
可這個時代
誰又無病？

九日同照於荒漠中的冷是一種病
以鳥的輕換骨是一種病
懷恨世人是一種病
以哭聲祭酒是病
更有一種病　是以他人的病為藥
飲藥狂歡

這個時代的姿態是生病
病而盲　而入膏肓

並孤身一人　獨闖入暗中
揮刀殺影

如果時代的高潮需要一個病例
那麼我則願意按照敘事病故
我順從地坐上馬車入京
在人們渴慕的目光下
將我贏弱的身體捧上美的祭桌
「我病了」我會說
「我是那麼多個世紀唯一一個為了病
而病故的人」

2014

嵇康

宇宙是只蝨子　在我的袍袖裡暴動

他咬我時　我會癢

但漸漸地我習慣了與他相處

為了不讓血液集中在身體的某個部位

我嚴守禁令：

不可吃飽

不可思考

不可亂性

然後我有了孤獨的習慣

我的身體散淡而獨立

我的骨血如山河大川

那晚　我的體內起風

我聽到內部空白的聲音

我寫下的詩

人說

有土木之氣

2014

王導 · 霧中渡江

像行在一個吼聲中

無上 無下 無遠 無近

霧，一次減輕

無人記得

故國是何時消失的

語言如何說出

新的山水與疾病

導：

「下船前，鏟去你眼底的積水」。

2014

冬爐夜雪

下雪前，屋內充滿耳廓
人坐在孤獨的半徑裡
獐子在樹林中徘徊
夜，從四方收縮

一落雪，每個人就是一片荒野
一次內部的傾聽
從火焰到雪
是門過度的語言

物質擠滿四宇
誰都不會比一片雪更大
劈詞語的柴生火
肩頭硬質的時間剝落
鞋底淌下泥水
無人知曉來時的路途

冬爐夜雪
身世在臉頰微微泛紅
酒中踉蹌的慚愧和羞澀
時間退回舌根

赤條條白茫茫
乾乾淨淨
屋外，空了的枝頭
展現出千錘百鍊的姿態

兩場雪，兩種燃燒
卻如此寂靜
傾聽 推遲清晨
時間的狼群

2014

王凝之 · 點兵

他們不明白

一字一兵

用字點兵的道理

城牆下那一群

魑魅魍魎

待我寫出他們的名字

他們就破了

像石塊擊穿的紙窗

他們不明白

一件事物與其名字之間的關係

一個字中永恆惆悵的人形

被筆劃困住的人

而水 而紙 而墨

還給他姿態

他們不明白

寫字是回到一個情境最初的源頭

要離別 徘徊 一波三折

要搏殺 出兵

我的筆削鐵如泥

兵臨城下

快 來人添墨！

死於書寫中的

我用筆讓你們生

2014

桓玄·雪夜

父親姓名裡的積雪，終年不化
嘉陵江上，夜色其冷
更勝我的孤獨

深了，更深
寂靜一層層從骨頭裡鑽出來
「靈寶啊」他說
「光是一條回去的路」
入冬那日，南郡城內起風
徒然生出滿地荒草

可我寧是被風雪砍頭的寒枝
父親，你可見
光之外萬里的黑暗
如積攢百年的夜色

「來人吶，溫酒」

那夜，客流下兩行青淚
似起風前
傾巢而出的鳥群

2014

醒酒

雨停了，窗戶懸著，酒精正發酵，時間尚未釀好。
一雙手推開——進來了，這呼吸，一滴清涼自未來而來，在手
指上驚醒：
雨停了——泥土是濕的，四肢曾羸弱消融，此刻，血肉聚攏，
再厲時間。
雨停了——世界清新無情，義無反顧。
雨停了——又吹來一陣好風，那風吹我上天，吹我入地，吹我
此刻無悔。

2018.6

鑄劍

投身入劍

置劍於火

縱火焚夜

還不夠

乃鍛風

錘千千萬萬次

錘十億夜於一寸之身

握劍　以一吸刺穿萬有

夜了無人

以萬年之靜

以不置一言

交兵

2018.8

前前後後，風格不一，時間進化或倒退，我的書寫註定破碎，與他人的書寫重合。

小
自
然
史

小自然史

之一　布豐圖書館

影子，唯一豐裕的羽翅，在夏日
便有了炎熱與無知的補償
瞧，書架與書架間，一條影子魚
年輕，光彩，並不為空間所困
胡亂歇息在思想中，撞上一些名字
又避開，嗜睡者那呼吸與囈語的網
他遠遊，像把每一處都當作家的浪子
為旅途中任何一點景色停留
比如，這一陣風
掀開窗外植物園中的葉浪，
便是他將要置身的下一個
不再折返故鄉
失落，超越失落
每個夏季，都重生。

之二 玻璃心房

喔，綠色快要撐破這玻璃心房！城市中央，熱帶被遺忘，瘋長，那些張揚的面目中有不願再進化的準確時間，寒冷之松，潮濕之苔，自由之蔓，在我們的面目中，有不願再前進的準確時間。

—— 不同於高聳的林冠，低矮的草本，小灌木和棕櫚，只能接收到射入陽光的百分之一，它們所處的空間極端潮濕，溫度恆定，無風。為了奪取陽光，葉片演化出多種形制，碟狀，刀片狀，花托狀，螺旋形，密集的表皮細胞，如放大鏡一般進行高效的光合作用。為了保持低緩的能耗，矮草本的葉片緩緩交疊，它們很少播種，也沒有根鬚，通過新芽，節蔓，插穗，自我繁殖，滿布空間。

—— 藤蔓，於林冠高處怒生，或長在森林邊緣，葉片與花浸入陽光。沒有樹幹運送營養，便委身於水，岩石或樹木之上，擴

張攀升，以刺，針，鈎，叉攀附。

每一具身體，都封鎖住一個完整的片段，一小段自然史，大於
記憶的時間。而面目，像時間的一道河口，是語言，是我們的
針，刺，鈎，叉。

　　*
另一種心照不宣的，
隱祕的，交錯的，
緩慢的歡騰，
在葉片與葉片邊緣，
光叢生，細胞吐出
生命蘸濕的
語言

殘肢，落下

祕密地發芽

每一個新的你都是你

每一個你

都把你遺忘

一片豐裕的遺忘之綠

綿延

之三　鳥

*

以骨骼內的氣囊代替肺泡，每一次呼吸，兩次換氣。

飛翔，換氣，以骨骼呼吸──

我的沙囊裡滿是七月的穀子。

鼓翅而行，在天幕下，在雨中，收穫時節耕地上，休憩，休憩──

重構飛行。

我展翅，以天空救亡自己。

「當人走向物，他會邁出絕妙的一步，為了學習物，表達物，他會相信自己的眼睛，自己的理性與直覺，不再被成見所困，不再對物之新穎視而不見，在細節中把握事物，就像把握其本質。」[1]

*

迦樓羅鳥，種種莊嚴寶相，金身，鳴聲悲苦。每天吞食一條龍王和五百條毒龍，體內毒氣聚集，直至再也無法進食，上下翻飛七次後，飛往金剛輪山，毒性發作，全身焚燒殆盡，只剩一個純青琉璃心。

我所有的失敗都是飛翔的失敗，因為愛難以輕巧。

1　Francis Ponge, La rage d' expression, p.44 蓬熱《表達之怒》，作者節譯。

*

進化

我躲開了進化的那一刻，展翅的一刻
死死守住笨重的身軀
妄圖以筆撬開你置身的空間

如何以短暫的身體看到歷史
若不是，一切都已毀壞
又怎樣從毀壞的瞬間
回首，望到了
全部

之四　布豐

喬治·路易·勒克萊克，布豐伯爵，巴爾扎克欠他一部人間喜劇。

「在人類所征服的諸多事物之中，要算馬兒最為高貴。這驕傲而激烈的生靈，與人類共享戰爭的疲憊與光榮。它面對險境，同主人一樣無畏。它喜歡戰爭的喧囂，追尋這喧囂，為之血氣奔湧。同時，他也與人類分享狩獵和競賽的歡樂，他躍動，閃耀，像一道光。激烈又溫順，馬兒懂得何時收住蹄子，不僅僅因為那馴服的手在指引他，他自己就能讀出人的慾望，永遠順從指令，加速，放緩，止步，順從就是一切。馬兒放棄了自己，只為他人的意志存在，以其感知的敏銳，其運動之精準，表達並執行人類的意願。」[1]

「你們所需要的是物，是思想，是理性，如何呈現它們，分辨其細微之處，給它們排序。耳目之娛是不夠的，要在與精神的交談之中刺激靈魂，觸摸心靈。」[2]

---

1 作者節譯自布豐《自然史》中關於馬的章節。

2 1753 年 8 月 25 日布豐在法蘭西學院的演講，題為《論風格》，作者節譯。

*

金色犀牛沉重的步態落在路易十五的心裡，一個時代奇觀的頂
點，如今它站在玻璃後，再沒有眼睛為他燃亮，第一次，它喪
失了草原，在啟蒙時代之後，它又喪失了奇跡。

骨骼，以時間的樣貌，向我走來——
何以，在五六年間，我每每擦過這個名字，卻幾乎固執地避開
它，圖書館，植物園，帶有一千張版畫的鳥類圖冊。

直到你離開，離我足夠遠，我獨自走回飲酒的植物園，已是深
冬時節，布豐，Buffon，這名字才第一次吸引我進入它的迷宮。
擠壓嘴唇，口腔送出輔音，ff——ffon——風，一陣小小的旋風。

年輕的皇家植物園館長布豐，從異國運來巴黎人聞所未聞的植
物，「熱帶」，一個還冒著水氣，情慾潮濕的詞。他收集鳥類，
觀察它們於林間的日常，他撫摸羽毛，解剖新鮮的肢體，翻出

小小的心臟與精細的骨骼。

「獵奇心博物館」，布豐收藏室的名字。

這前所未有的特權，來自博物學與啟蒙之光的交叉點，布豐得以近距離觸碰到鳥豐潤的羽毛，終於，眼睛與手不再依靠自然偶然給予的機遇，它們拉近，無限拉進，空間被割開，暴露，鋪平。

從飛翔的鳥，至鳥的詞彙，從飛翔，到對飛翔的擬態，人類走了幾千年，首先是看到了鳥，描繪鳥的形象，隨後，通過被吹拂之鳥羽與林冠見到風。可，從何時起，人類才知曉飛翔與風的關係？飛翔，那大概是詞語的極限。

詞語記錄下了觀察的瞬間，以及發現的那一刻所湧起的感情，自然之精彩或是變化著的世界的精神影像也逐漸積累，形成名稱。

就好像起風時，身體祕密地記錄下那種輕盈的擦拭，擦拭肌膚
毛髮好像我們正一絲絲消散，然而，我們終不過無限臨近，臨
近起飛前的那一刻，對於人，起飛，意味著傾覆。

啟蒙時代的布豐以龐大的野心，在宿夜之間壓縮了詞語的歷史，
他赤手伸進一隻鳥的內部，從來沒有人，離一陣風這麼近，從
來沒有人，取出風的骨骼。飛翔在詞語裡加速，被微縮至一間
鄉間別墅的大小，被歸納，整理，進入詞條，版畫，飛翔，風，
終於從天際降落到紙本。

  *
像寫一個漢字
無限輕盈的撇與捺
如枝葉於風中
婆娑之態。
總是這樣，你總是

在書寫前就抵達了書寫，

超越書寫；

總在我看到這一個你之前就放棄

身軀，進入下一個你

好比飛翔

永遠快過眼睛的移動

我所捕捉到的，於是

只是字

那曾經圍困你的

一幕幕

之五　會飲

終於來到盡頭，斜陽已全部落下，墜入山的另一邊，那另一邊，

我幻想著一個反面。

在寫了如此多之後，文字的身體最終被時間吞噬，肌肉逐塊消隕，唯餘碎骨，一場艱難的學飛。這呼吸的轉換，我失敗了，我還站在泥土上，雙腳沉重，不得離開。

山的另一邊，你我正坐在山腳飲酒，一飲就是數日，直到天花亂墜，群綠在身邊叛變，草木節節竄高，飲得冬夏交替，蓬蓋相遮，不見天日。我們繼續喝酒，霧氣圍攏腰身，藤蔓伸出它柔情的手與腳纏繞我們的臉，苔蘚爬上腳背，我們感到綠色的電梯運輸著陽光，氣血舒暢。於是，你我相約變幻，各出其招：

頑石——荒草

火樹——游蛇

枯井——淚眼 ......

突然，你抖開遍體血肉，抽出最輕的材質，展開倍寬於軀乾的羽翅，昂起修長的頸，縮雙足於腹下，臨風欲飛。

那是怎樣的一幕，怎樣的一秒？

而我，則永恆止於這一秒，止於身體和語言所能抵達的極限。

2019.5-7

語言文學類　PG2464　秀詩人73

位置的國度

作　　　者/張何之
策　　　劃/刺客俱樂部
責任編輯/石書豪
設　　　計/陳羽人
內文完稿/楊家齊
封面完稿/劉肇昇

發 行 人/宋政坤
法律顧問/毛國樑　律師
出版發行/秀威資訊科技股份有限公司
　　　　　114台北市內湖區瑞光路76巷65號1樓
　　　　　電話：+886-2-2796-3638　傳真：+886-2-2796-1377
　　　　　http://www.showwe.com.tw
劃撥帳號/19563868　戶名：秀威資訊科技股份有限公司
　　　　　讀者服務信箱：service@showwe.com.tw
展售門市/國家書店（松江門市）
　　　　　104台北市中山區松江路209號1樓
　　　　　電話：+886-2-2518-0207　傳真：+886-2-2518-0778
網路訂購/秀威網路書店：https://store.showwe.tw
　　　　　國家網路書店：https://www.govbooks.com.tw

2020年8月　BOD一版
定價：260元
版權所有　翻印必究
本書如有缺頁、破損或裝訂錯誤，請寄回更換

國家圖書館出版品預行編目

位置的國度 / 張何之著. -- 一版. -- 臺北市：
秀威資訊科技, 2020.08
　　面；　公分. -- (語言文學類；PG2464)
(秀詩人；73)
　　BOD版
　　ISBN 978-986-326-830-7(平裝)

851.487　　　　　　　　　　109009445

讀者回函卡

感謝您購買本書，為提升服務品質，請填妥以下資料，將讀者回函卡直接寄
回或傳真本公司，收到您的寶貴意見後，我們會收藏記錄及檢討，謝謝！
如您需要了解本公司最新出版書目、購書優惠或企劃活動，歡迎您上網查詢
或下載相關資料：http:// www.showwe.com.tw

您購買的書名：＿＿＿＿＿＿＿＿＿＿＿＿＿＿＿＿＿＿＿＿＿＿＿＿＿＿

出生日期：＿＿＿＿＿＿年＿＿＿＿＿月＿＿＿＿＿日

學歷：□高中 (含) 以下　　□大專　　□研究所 (含) 以上

職業：□製造業　□金融業　□資訊業　□軍警　□傳播業　□自由業
　　　□服務業　□公務員　□教職　　□學生　□家管　　□其它＿＿＿＿

購書地點：□網路書店　□實體書店　□書展　□郵購　□贈閱　□其他

您從何得知本書的消息？

　　□網路書店　□實體書店　□網路搜尋　□電子報　□書訊　□雜誌
　　□傳播媒體　□親友推薦　□網站推薦　□部落格　□其他＿＿＿＿＿＿

您對本書的評價：(請填代號　1.非常滿意　2.滿意　3.尚可　4.再改進)

　　封面設計＿＿＿　版面編排＿＿＿　內容＿＿＿　文／譯筆＿＿＿　價格＿＿＿

讀完書後您覺得：

　　□很有收穫　□有收穫　□收穫不多　□沒收穫

對我們的建議：＿＿＿＿＿＿＿＿＿＿＿＿＿＿＿＿＿＿＿＿＿＿＿＿＿＿

＿＿＿＿＿＿＿＿＿＿＿＿＿＿＿＿＿＿＿＿＿＿＿＿＿＿＿＿＿＿＿＿＿＿

＿＿＿＿＿＿＿＿＿＿＿＿＿＿＿＿＿＿＿＿＿＿＿＿＿＿＿＿＿＿＿＿＿＿

＿＿＿＿＿＿＿＿＿＿＿＿＿＿＿＿＿＿＿＿＿＿＿＿＿＿＿＿＿＿＿＿＿＿

11466
台北市內湖區瑞光路 76 巷 65 號 1 樓

秀威資訊科技股份有限公司　　　收

BOD 數位出版事業部

....

（請沿線對折寄回，謝謝！）

姓　　名：_____　　年齡：_____　　性別：□女　□男

郵遞區號：□□□□□

地　　址：_____

聯絡電話：(日) _____　(夜) _____

E-mail：_____